AF370060

LA CANNE DE VOLTAIRE

ET

L'ÉCRITOIRE DE ROUSSEAU.

LA CANNE DE VOLTAIRE

ET

L'ÉCRITOIRE DE ROUSSEAU.

DIALOGUE.

PAR DE MONTBRUN.

> Que peut contre le roc une vague animée ?
>
> PIRON.

A PARIS,

Chez { L'HUILLIER, Libraire, rue Serpente, n°. 16.
{ DELAUNAY, Libraire, au Palais-Royal.

1817.

AVANT-PROPOS.

La Fontaine a fait parler des bêtes et des plantes. Sans prétendre à l'honneur de lui être comparé, on a conçu l'idée d'animer deux objets, une *Canne* et une *Écritoire*, qui ne sont devenues célèbres, que parce qu'elles rappellent, le souvenir de leurs premiers possesseurs.

Ces objets précieux ont été mis plusieurs fois en vente, et les amis de la philosophie se sont disputé la gloire de les acquérir.

Pourquoi Rousseau n'a-t-il pas laissé son génie dans son Écritoire ? Pourquoi la Canne de Voltaire n'a-t-elle point inspiré des tragédies comme *Mahomet* ?

Au reste, on ne peut que louer le sentiment qui nous porte à rechercher, à toucher avec un plaisir mêlé de respect, les vêtemens et les meubles qui ont appartenu aux grands hommes.

C'est le même sentiment qui fait que nous sommes saisis d'admiration en entrant dans les lieux qu'ils ont habités. Notre imagination les voit encore dans leur fauteuil , méditant les chefs-d'œuvre dont ils ont éclairé le monde ; et ces lieux solitaires et silencieux sont animés par notre mémoire reconnaissante , qui se plaît à multiplier leur image.

Les Anglais , qui savent récompenser leurs poëtes , poussent jusqu'à l'idolâtrie le culte qu'ils leur rendent après leur mort. Ainsi , lorsque l'on vit tomber l'arbre qui était né en même temps que Shakespeare, des mains industrieuses s'en emparèrent , et le reproduisirent sous mille formes. On en fit des chaises , des vases et des coupes , qui d'abord furent vendus pour une somme modique , et que maintenant on achète au poids de l'or. Ces espèces de reliques en valent bien d'autres,

LA CANNE DE VOLTAIRE

ET

L'ÉCRITOIRE DE ROUSSEAU.

DIALOGUE.

Chez l'Écritoire de Rousseau,
Qui fut par raillerie apportée en cadeau
A certain prêtre (on le dit grand vicaire),
Arrive un jour la Canne de Voltaire,
    Canne damnée, et qu'on vit cependant
      Échoir, comme par accident,
A certain gros prélat, fils d'un vieux militaire :
    Tartuffe est son vrai nom de guerre (1).
      Après quelques civilités ,
La Canne, comprimant sa trop juste colère,
    Et s'appuyant le long d'un secrétaire,
Dit à peu près ces mots qu'on m'a bien rapportés.

LA CANNE.

Je jette un beau coton ! Ah, ma chère ! j'enrage.

L'ÉCRITOIRE.

Et moi donc , en ces lieux brillé-je davantage ?

LA CANNE.

Hélas ! depuis long-temps j'ai perdu mon bonheur,
Je servais noblement et je sers sans honneur :
Dans ses arrêts que le sort est bizarre !
Je passai brusquement de la main d'un avare
A la main d'un prodigue. Un fat, pendant deux jours ,
Me fit, contre mon gré , faire en l'air plusieurs tours.
Comme j'ai quatre pieds , taille d'une bougie (2) ,
    Un Rouennais , en sortant d'une orgie ,
Me fit faire la roue avec dextérité
Contre un tas de bandits méchamment aposté.
Je me multipliais , et , semblable à l'orage ,
Je pleuvais sur leur dos avec un vrai courage ;
Mais j'y perdis mon fer , j'y perdis mon chapeau ,
Connu vulgairement sous le nom de pommeau.

L'ÉCRITOIRE.

Pourtant l'or de nouveau brille sur votre tête.

LA CANNE.

Ma coiffure autrefois me semblait plus honnête ;
Enfin n'en parlons plus , et suivez mon malheur :
Après avoir ployé sur le dos d'un voleur ,
Un saint homme m'achète.... Ah ! que le sort est traître !
Commencer par Voltaire et finir par un prêtre !

Il en est dont les mœurs inspirent le respect,
Et dont l'aménité fait rechercher l'aspect ;
Mais en tous lieux ceux-là prêchent la tolérance,
L'oubli d'un tort, le pardon d'une offense ;
Et, de la charité se faisant une loi,
 De leurs vertus ils entourent la foi :
Toujours sublime et toujours adorable,
Sous ce rempart elle est inattaquable.
  Honneur à ces hommes pieux ;
  Que mon pays s'en glorifie :
 Le culte saint et la philosophie
  Sont réconciliés par eux.

L'ÉCRITOIRE.

Bien, ma chère, voilà le portrait d'un bon prêtre,
De celui qu'eût aimé Rousseau, mon premier maître.

LA CANNE.

Rousseau ! Je le connais. C'est un ours en tout point.
Voltaire l'estimait, mais il ne l'aimait point.

L'ÉCRITOIRE.

Passons sur un défaut qui tient au caractère,
Je pourrais, à mon tour, reprocher à Voltaire.....

LA CANNE.

Il vaut mieux que Rousseau.

L'ÉCRITOIRE.
   Vous en avez menti.

LA CANNE.

Ah! voilà ce que c'est que l'esprit de parti !

L'ÉCRITOIRE.

Je puis prouver qu'on doit le traîner dans la boue.

LA CANNE.

Et moi, que ton patron fut digne de la roue.

L'ÉCRITOIRE.

D'abord....

LA CANNE.

Premièrement....

L'ÉCRITOIRE.

O ciel ! que faisons-nous ?
Où nous emporte un injuste courroux ?
Quel temps choisissons-nous, aveugles que nous sommes,
Pour essayer de flétrir deux grands hommes ?
Un temps où l'ignorance, enflant ses gros poumons,
Diffame leurs écrits dans ses pesans sermons !

LA CANNE.

Contre nos ennemis entendons-nous, ma chère.
Vive à jamais Rousseau !

L'ÉCRITOIRE.

Vive à jamais Voltaire !....
Vous m'avez raconté vos chagrins. Écoutez,

Et pleurez avec moi sur mes adversités.

Ma chère, ainsi que vous, je suis en pénitence
    Au service d'une éminence.

Connaissez-vous l'affront qu'on m'a fait essuyer ?

LA CANNE.

Non.

L'ÉCRITOIRE.

A noircir Voltaire on vient de m'employer......

LA CANNE.

Ah ! vous m'attendrissez, malheureuse écritoire !

L'ÉCRITOIRE.

Et de Rousseau j'ai barbouillé la gloire.

Vainement j'ai gagné, pour rompre un vil dessein,

L'encre qui de courroux bouillonnait dans mon sein.

    Bon gré mal gré, l'œuvre fut consommée,

Et la presse aux cents bras fut à l'instant sommée

De la multiplier : à ce commandement

    La presse a gémi doublement.

LA CANNE.

L'aventure est bizarre et vous êtes à plaindre ;

Mais pour Voltaire, moi, que puis-je avoir à craindre ?

Il est un peu robuste ; et votre citoyen (3),

Après de pareils coups, se portera très-bien.

Ma chère, on prend une inutile peine ;

Non, rien ne peut ternir leur gloire européenne :

La lumière a fini par percer le boisseau.

L'homme peut-il rentrer dans son berceau ?

Ils ne reviendront plus les Goths et les Vandales !

Si nous vivons sous des lois libérales,

Elles sont le produit des écrits de Rousseau,

De Montesquieu, Voltaire et Mirabeau.

Qu'importe donc qu'un prêtre armé d'une férule

Cherche à les foudroyer de *sa chaire curule* (4)!

Nonotte et Sabatier renaîtraient parmi nous,

Que ces intolérans seraient traités de fous.

Les bûchers aujourd'hui ne sont plus à la mode,

Et ce supplice-là n'est plus dans notre code.

Oh ! si l'on écoutait certaine intention.....

On verrait refleurir.... Mais notre nation

N'a pas besoin que cela refleurisse.

Nous pouvons prospérer sans que l'on nous rôtisse.

Moi, je suis philosophe, et vous sans doute aussi?

De cet événement ne prenez nul souci.

On avait oublié nos deux patrons, ma chère :

Non qu'on les méprisât.... on songeait à la guerre.

En paix, on les attaque, on veut les étouffer ;

Mais la philosohie est prête à triompher.

Elle descend du ciel, Jésus en est la preuve ;

Jésus y remonta, dès lors elle fut veuve.

Aux yeux des nations Voltaire l'épousa,

Rousseau fut son amant.... Mais chut, taisons cela.

Était-il tolérant le Rédempteur du monde ?
Répondez, vous de qui la colère féconde
Nous montre *les trésors des vengeances du ciel.*
De sa douceur tenez-vous votre fiel ?
S'il n'avait eu que vous à racheter, nul doute
Que du ciel, par la croix, il n'eût pas pris la route.
Au déluge, messieurs, Dieu vous eût oubliés,
Et vous eussiez au moins été mouillés.
Mais souffrez d'une Canne un conseil salutaire :
La religion sainte est belle et nécessaire ;
N'en gâtez pas la cause, et sachez contenir
Un zèle trop ardent qui ne veut que punir.
Les Français aujourd'hui ne sont plus à l'école ;
Le malheur les forma, la raison les console.
Dans la justice enfin ils placent la grandeur,
Et leur légèreté se change en profondeur.
Laissez donc en repos votre vieux Jérémie.
Ah ! dans le larmoyant c'était un beau génie !
Mais nous ne voulons plus pleurer, entendez-vous ?
Le prince que le ciel a fait régner sur nous,
Pour nous bien gouverner, a choisi des ministres
Qui savent écarter les présages sinistres,
Marchent avec leur siècle, et d'un bras vigoureux
Soutiennent les destins d'un peuple généreux.
Dans leur cœur est écrit ce seul mot : *Tolérance.*
Sachez les imiter, si vous aimez la France ;

Soyez nos frères, nos amis,
Et l'Église n'aura que des enfans soumis.

L'ÉCRITOIRE.

Vous raisonnez fort bien pour une canne :
L'influence de la soutane
N'a pas encor gâté votre bon naturel.

LA CANNE.

Le trône doit toujours marcher avant l'autel ;
C'est une vérité qu'il faut partout répandre :
Sans cela l'on ne peut s'entendre.

L'ÉCRITOIRE.

Maintenant toutes deux nous nous entendons bien.

LA CANNE.

Mon maître vient.... Embrassez-moi, ma chère,
Nous reprendrons un si doux entretien.

L'ÉCRITOIRE.

En m'embrassant ne serrez guère,
Je suis fort vieille et l'on peut me casser.

LA CANNE.

Oui, c'est mon vieux prélat.... L'entendez-vous tousser ?
Embrassons-nous encor, votre bon cœur m'attache....
Prenez garde pourtant de me faire une tache.
A peine de ces mots entend-on le dernier,

Que le prélat, saluant son confrère,
  Reprend la Canne de Voltaire ;
  Mais lorsqu'il est sur l'escalier
  La Canne se met à plier :
  Il chancelle, le pied lui glisse....
La Canne de Voltaire en avait la malice.

NOTES.

(1) Comme il fut de tout temps une certaine classe de lecteurs dont la malignité trouve des applications dans les choses les plus innocentes, on croit devoir déclarer ici que les personnages qui figurent dans ce léger badinage, sont de pure invention.

(2) Bougie, bâton de quatre pieds, égal par les deux bouts, et dont se servent avec beaucoup d'adresse les habitans de la Normandie.

(3) Jean-Jacques Rousseau, citoyen de la république de Genève.

(4) Dernièrement, un journaliste qui avait répondu à une lettre de M. Desoer, libraire-éditeur des *OEuvres de Voltaire*, avait prétendu qu'il fallait dire *chaise* curule. M. Desoer l'a renvoyé au Dictionnaire de l'Académie.

Imprimerie de FAIN, rue de Racine, place de l'Odéon.

www.ingramcontent.com/pod-product-compliance
Lightning Source LLC
LaVergne TN
LVHW010819180726
843502LV00009B/3426